KB194449

시 조 로   풀 어 낸

동의보감

시조로 풀어낸 동의보감

발행일   2025년 3월 10일

지은이   조재훈
펴낸이   손형국
펴낸곳   (주)북랩
편집인   선일영   편집   김현아, 배진용, 김다빈, 김부경
디자인   이현수, 김민하, 임진형, 안유경   제작   박기성, 구성우, 이창영, 배상진
마케팅   김회란, 박진관
출판등록   2004. 12. 1(제2012-000051호)
주소   서울특별시 금천구 가산디지털 1로 168, 우림라이온스밸리 B동 B111호, B113~115호
홈페이지   www.book.co.kr
전화번호   (02)2026-5777   팩스   (02)3159-9637

ISBN   979-11-7224-522-1 03810 (종이책)   979-11-7224-523-8 05810 (전자책)

(주)북랩 성공출판의 파트너

북랩 홈페이지와 패밀리 사이트에서 다양한 출판 솔루션을 만나 보세요!

홈페이지 book.co.kr   •   **블로그** blog.naver.com/essaybook   •   **출판문의** text@book.co.kr

---

작가 연락처 문의 ▸ ask.book.co.kr

작가 연락처는 개인정보이므로 북랩에서 알려드릴 수 없습니다.

조재훈 시조연가집

시조로 풀어낸

동의보감

조재훈 지음

유네스코가 인정한 인류의 문화유산, 동의보감!
시조로 풀어 누구나 쉽게 건강의 지혜를 만난다

북랩

시조집 『시조로 풀어낸 동의보감(東醫寶鑑)』을 내며

'10년이면 강산도 변한다'던가? 시조시인으로 활동한 지가 어언 10년이다. 그간 우리 시조계(時調界)는 질적, 양적으로 많은 발전을 가져왔다. 이에 새로운 모색으로 동양의학의 핵심을 집대성한 동양 최고의 의서 『동의보감(東醫寶鑑)』 내용을 우리의 전통문학 장르인 시조로도 널리 보급할 생각을 하게 되었다. 그리하여 짬짬이 시간을 내어 『동의보감(東醫寶鑑)』 관련 시조를 지어왔다.

아울러 우리의 선조로부터 물려받은 한의학(韓醫學)의 슬기로운 맥을 살리기 위해 『동의보감』은 물론 향약(鄕藥)과 방약(方藥), 침구(鍼灸)와 도인(導引), 전통·접촉술(傳統接觸術)에 대해 다방면으로 섭렵하여 60여 년간 환자를 치료하며 체득한 경험을 시조 장르로 정리해 보았다.

졸필이지만 많은 선배님과 동료들의 호응으로 새로운 시도가 인정받게 되기만을 기원하는 바이다. 여기에 참고할 고서를 기쁨으로 빌려준 윤주상 원장과 한자를 찾아준 박정미 선생 그리고 그 폭염과 열대야에 이 졸작이 모양을 갖출 수 있도록 시간과 땀을 아끼지 않으신 채현병 이사장님께 무한한 감사를 드린다. 시조의 발전을 위해 모든 것을 아끼지 않으시는 선배님들의 노고로 그 어려운 수학 공식이나 화학표도 시조 가락으로 흥겹게 노래할 수 있는 날을 기대한다. 끝으로 앞 못 보는 애비를 위해 곁에서 컴퓨터를 수시로 점검하고 오, 탈자를 바로잡은 딸 문화에게 고마움을 표하는 바이다.

2025. 3.
은평구 불광동에서
조재훈

| 추천사 |

(사)한국시조협회 명예이사장 채현병

저는 헬렌 켈러 여사를 매우 존경합니다. 헬렌 켈러 여사는 1880년에 이 세상에 태어나서 19개월 되던 해에 뇌척수막염으로 하루아침에 들을 수도, 볼 수도, 말할 수도 없는 삼중고를 겪으면서 앤 설리번 선생의 개인 지도를 받아 8살에 학업을 시작하여 24살에 래드클리프 여대를 졸업하였습니다. 여대 졸업 당시에 5개 국어를 습득하였다고 하니 참으로 기적 같은 일이라 아니할 수 없습니다. 그리하여 미국의 인권운동가로, 여성 정치인으로, 여성 작가로 많은 업적을 남기며 수많은 장애인에게 희망과 용기를 심어주었습니다.

우리 곁에는 헬렌 켈러 여사 못지않은 위대한 시인이 있습니다. 바로 조재훈 시조시인입니다. 조재훈 시인은 1961년 23살 때에 불발탄 폭발 사고로 양안을 완전 실명에다 2016년 7월에는 돌발성난청으로 1급 청각장애인이 되었음에도 불구하고 평생을 통하여 큰 뜻을 가지고 백절불굴의 정신으로 수많은 업적을 이룩한 분이기 때문입니다.

조재훈 시인은 사고 이후 실명 상태에서 안마, 침술, 전통접촉치료술을 익혀 생업에 종사하면서 국립 서울맹학교 고등부를 1회 졸업(1967년)하고, 국립재활원 물리치료과 연구 과정을 거쳐 방송통신대학교 초등교육과를 졸업한 후에 단국대학교 교육대학원 특수교육학과를 졸업(1992년)했습니다.

조재훈 시인은 훌륭한 교육자입니다. 충주 성심맹학교 근무(1980년)를 시작으로 서울 한빛맹학교로 전근(1983년)하여 교사에서 교감으로 승진하여 교장으로 퇴임(2000년)하기까지 특수교육 전문가의 길을 걸었습니다. 조재훈 시조시인은 교육계에 봉직하면서 '특수학교 병리학 1종 교과서 연구위원'으로 활동하고, 세계 최초로 '한자 6점 점자 5칸 이내 표기'를 위한 〈한자점자〉를 창안하여 특허를 받아 『상용한자 점자옥편』, 『한한대사전 점자묵자본』, 『한문점자 천자문』등을 출간하여 맹인에게 한자 학습의 길을 열어 주었습니다. 또한 우리나라 전통접촉치료술을 엮은 도서 『쓰두』를 출간하고, 동화작가로서 『다람쥐와 도토리』, 『모기 보시』, 『지팡이 하나로』, 『옻샘』을 발표하고, 장편소설로 『애기봉의 붉은 노을로』많은 독자층을 확보하기도 하였습니다.

내가 조재훈 시인을 처음으로 만난 것은 2016년 수원시조축제 때입니다. 고(故) 이한창 시인님의 손을 잡고 행사장으로 들어오시는 모습을 보고 달려 나가 인사를 드렸습니다. 그것이 인연이 되어 그 해에 《시조사랑》지를 통해 시조시인으로 등단하고 (사)한국시조협회 회원이 되어 자주 만날 수 있었습니다. 그 이후에도 끈끈한 인연이 계속되어 저의 〈한국고대신화〉 강좌를 1년간 들으면서 시조 창작에 매진하였습니다.

지난여름, 조재훈 시인으로부터 시조연가집(時調連歌集)『시조로 풀어낸 동의보감(東醫寶鑑)』출간을 위한 추천서를 써 달라는 의뢰를 받고 원고를 받았습니다. 읽자마자 온몸에 전율이 일어났습니다. 마치 헬렌 켈러 여사의 전기를 읽으며 느꼈던 전율과 같은 것이었습니다. 조재훈 시인은 '장애는 불편하다. 하지만 불행한 것은 아니다'라는 헬렌 켈러의 명언을 되새겨주는 한국판 헬렌 켈러입니다. 조재훈 시인은 시각장애의 역경을 딛고 시조의 금자탑을 세운 위대한 한국인입니다. 암흑세계 속에서 마음의 눈으로 광명을 찾은 선지자이며, 한자 점자를 창안하여 한학을 널리 보급한 한학자이자 우리의 오랜 전통인 한의학을 펼쳐 국민건강을 증진시켜 준 의학자이며 우리 고유문학인 시조를 통하여 400년 전 허준 선생의 '동의보감(東醫寶鑑) 정신'을 오늘에 되살리는 위대한 문인입니다.

『동의보감(東醫寶鑑)』은 조선시대 의관 허준이 중국과 조선의 의서를 집대성하여 1610년에 저술한 의학서로, 총 25권 25책으로 이루어져 있습니다. 1596년 선조의 명으로 허준 등 5인이 공동으로 편찬을 진행하다가 병란으로 중단된 것을 허준이 단독으로 추진하여 1610년에 완성하였습니다. 『동의보감』은 병의 치료보다 예방을 강조하고 동양 의학의 핵심을 잘 정리하여 백과사전에 맞먹을 정도로 뛰어나게 편집한 책으로 조선시대를 대표하는 중세 동양 최고의 의서입니다. 현재 국보 제319호로 지정되어 있으며 유네스코 세계기록문화유산으로 등재되어 있습니다.

조재훈 시조시인의 역저 『시조로 풀어낸 동의보감』을 여러분께 추천합니다. 여러분의 가정에 『시조로 풀어낸 동의보감』을 비치해 두면 가족의 건강 증진을 위한 의서(醫書)로서, 마음의 양식을 쌓는 문학서(文學書)로서 큰 역할을 다할 것이라 믿습니다. 본 시조집은 총 6장으로 구성되어 제1장에서는 동의보감 6편을 시조로 풀어냈습니다. 그리고 제2장에서 5장까지는 의술의 자세, 주변에서 흔히 보는 한약재, 물려받은 경험치, 한약재의 약성(藥性)을 시조로 읊었으며, 마지막 제6장에서는 보약 처방의 실례를 시조로 읊어 누구나 알기 쉽게 엮었습니다.

　조재훈 시인의 시조연가집(時調連歌集) 『시조로 풀어낸 동의보감』 속에는 우리 한민족의 얼과 슬기를 바탕으로 한 허준 선생의 위대한 정신과 의술이 담겼으며, 조재훈 시조시인이 심안(心眼)으로 바라보는 문학세계가 들어있습니다. 나아가 한국인의 홍익인간(弘益人間) 정신과 제세이화(濟世理化) 이념과 성통공완(性通功完)의 대신기(大神氣)가 가득 차 있습니다.

2024년 10월 29일
泮水樓에서

차례

시인의 말 • 5

추천사 • 7

시조로도 동의보감

동의보감(東醫寶鑑) • 19

외형(外形) 편 • 20

내경(內經) 편 • 21

첫째는 침(針) • 22

둘째는 뜸 • 23

셋째는 약(藥) • 24

음(陰)과 양(陽) • 25

오행(五行)이란 • 26

상생(相生)이란 • 27

상극(相剋)이란 • 28

지극한 정성으로

모든 게 약재 • 31

동의보감(東醫寶鑑) 쓰실 때 • 32

약재를 고르실 때 • 33

정성껏 약을 지어야 • 34

약을 달이는 정성 • 35

약을 먹을 때도 정성 • 36

신토불이(身土不二) • 37

살피고 살피니 • 38

진맥(診脈) 하나로 • 39

지극히 정성된 마음으로 • 40

간식과 반찬거리가 약이라니

가죽나무 뿌리(저근백피) • 43

가지(가자) • 44

개구리밥(부평초) • 45

검은콩(흑두) • 46

겨자(청개) • 47

고추(번초) • 48

곶감(건시) • 49

김(해태) • 50

녹두(綠豆) • 51

당근(홍나복) • 52

대추(대조) • 53

땅콩과 족발 • 54

마늘(대산) • 55

매실(梅實) • 56

무우(나복) • 57

미나리(근채) • 58

밤(율) • 59

배(이) • 60

살구씨(행인) · 61

상추(와거) · 62

생강 · 63

익모초(육모초) · 64

앵두 · 65

오이(황과) · 66

완두 · 67

죽순 · 68

토란 · 69

토마토(번가) · 70

파(총) · 71

후추(호초) · 72

물려받은 경험으로

기와 경락 · 75

최초의 치료제는 · 76

어머니 손은 약손 · 77

내 손으로 감기도 떨구고 · 78

내 손으로 체기도 뚫고 · 79

내 손으로 새 생명까지 · 80

내 건강도 내 손으로 · 81

소독 · 82

돌침에서 호침까지 · 83

위급할 때 침이 속해 · 84

고질 염증과 무좀 통풍에도 · 85

십병구체에 사관 침 · 86

치질에 · 87

졸도에 · 88

기함에 • 89

관절이 삐었을 때(염좌에) • 90

만성치료에는 뜸으로 • 91

머리의 찬바람과 두중에 • 92

어지러움에 • 93

만성 두통에 • 94

냉증에 • 95

한문으로 노래한 약성

감초(구로) • 99

건강 • 100

고삼(쓴 너삼 뿌리) • 101

길경(도라지) • 102

녹용(사슴뿔) • 103

당귀(승검초 뿌리) • 104

맥문동(겨우살이 뿌리) • 105

백작약(함박꽃 뿌리) • 106

백출(삽주 뿌리) • 107

복령(도꾸마리령) • 108

생건지황 • 109

생지황 • 110

석유 • 111

숙지황 • 112

오미자 • 113

육계(계피나무 껍질) • 114

인삼 • 115

천궁(궁궁) • 117

해삼 • 118

황기(단너삼뿌리) · 119

처방의 실례

백비탕 · 123

독삼탕 · 124

궁귀탕 · 126

생맥산 · 127

사군자탕 · 128

사물탕 · 129

이중탕 · 130

이음전 · 131

팔물탕 · 132

십전대보탕 · 133

시조로도 동의보감

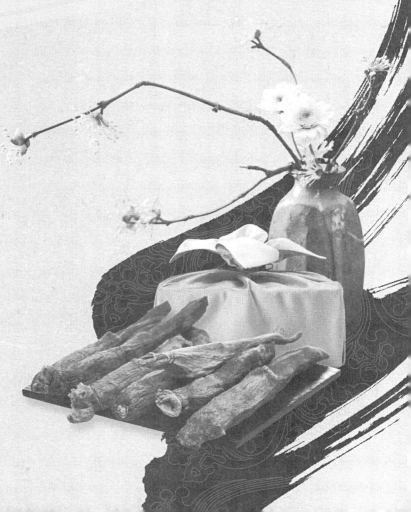

동의보감(東醫寶鑑)

인류의 문화유산 선정 받은 동의보감
전통의 시조로도 그 위업을 함께하여
어얼싸 건강도 증진하고 홍바람도 돋우세

외형(外形) 편

천곡서 발끝까지 오행에다 상생상극(相生相剋)
질병의 원인에다 증세 처방 단어 해석
곳곳에 주(註)를 달아서 쉽게 하려 함일레

오대양 육대주도 오장육부(五臟六腑) 닮았는가
세상의 근원에도 사람부터 알아야 해
첫 번째 외형 편 읽어내려 인체조화(人體調和) 배우세

내경(內經) 편

콩팥에 기가 모여 생명길이 열리는가
음과 양 조화로서 생겨나는 목숨인데
기맥(氣脈)이 실(實)하거나 허(虛)하면 병이 되니 어쩌나

균형을 이루려고 경맥(經脈)들이 깊이 뻗어
촌시(寸時)도 멈춤 없는 십이경(十二經)에 팔맥(八脈)이라
둘째 장 내경 편 읽어내어 우리 건강 지키세

첫째는 침(針)

질병을 치료할 때 일침(一針) 이구(二灸) 삼약(三藥)이라
한 도막 쇠실로서 온갖 질병 고치는데
찔리는 아픔이 있지마는 따를 자가 있으랴

한 마디 바늘로서 갖은 효능 보이는 침
쇠금변 다함 자로 나타내는 한자지만
함경도 웅기 땅 폄침(砭針)으로 시작했던 침술이야

기술이 좋아지고 시술 방법 더욱 발전
대롱까지 사용하니 안전하고 정확하다
최첨단 의과학 서술에도 일침(一針)으로 빛나네

둘째는 뜸

폐허에 돋아나서 문전옥답 만들면서
은은한 향으로써 나쁜 냄새 없애주며
기아에 허덕일 적에 구황(救荒) 쑥이 되었지

마른 지 오래되면 그 효능이 더 좋아져
부비고 또 부벼서 솜털처럼 만든 뒤에
쌀 반쪽 팥알만큼 떼어 몸에 놓고 뜸 뜬다

죄인이 아닌데도 병에 걸린 환자라오
연기가 피어올라 불 중심이 새빨갛다
그 고통 잠시만 참아가면 각종 질병 다 고치네

셋째는 약(藥)

하이얀 꽃과 뿌리 빨강 노랑 열매에다
흙과 쇠 풀과 나무 짐승들의 뿔까지도
정성껏 가려서 사용하면 모두 다 약이 된다

양약(養藥)은 입에 쓰고 좋은 말은 귀에 설다
입에 단 서양 약에 병고도 덜어가나
약효를 보려고 하면 소화부터 시켜야지

명의(名醫)는 물론이고 의성(醫聖)까지 하신 말씀
밥으로 만병통치 우리 활력 더해가니
어머니 약손을 따라 치료 한번 해보세

음(陰)과 양(陽)

그늘은 서늘하고 양지쪽은 따뜻하다
시원한 건 달빛이요 뜨거운 건 태양이다
이 세상 우주 만물이 상대성이 있다오

동양의 음양오행 철학이고 과학이다
수천 년 이어오니 보감에도 중심이론
이 세상 온갖 만물이 음양오행에 다 있소

하루도 밤과 낮이 꽃들도 암꽃 수꽃
자기장도 음과 양에 전기도 음극 양극
이 세상 모든 만물이 음양으로 나뉘네

태곳적 인간들이 자연 이치 궁금해서
생각하고 생각하여 음양이론 만드나니
누구나 공감하고 있는 이 이론을 전하세

오행(五行)이란

자연이 되어가는 그 모습을 생각할 때
우선은 저 하늘의 해와 달을 바라보고
뭇별들 움직임까지 세세하게 살피니라

그들 중 영롱하게 반짝이는 다섯 별들
수성과 금성에다 화성 목성 토성이라
그 별들 운행을 보면서 오행 이치 정하니라

내장도 심폐간비(心肺肝脾) 신장(腎臟)까지 다섯이고
색깔도 청적황백(靑赤黃白) 흑색(黑色)까지 다섯이며
맛에도 산고감신함(酸苦甘辛鹹) 다섯으로 나누니라

우주의 모든 현상 이 땅 위에 모든 만물
음양과 오행으로 갈라보고 합쳐보자
여기에 포함되지 않는 게 어디 하나 있으랴

상생(相生)이란

나무가 타고 나면 재가되고 흙이 되듯
흙에서 나온 금속 녹아내려 물이 된 뒤
그 물에 뿌리를 내려 푸르러진 산하(山河)여

서로가 도와가며 살아가기 좋은 세상
만물의 영장들이 부르짖는 평화로다
언제나 서로서로 돕자 날이 밝고 해가 진다

위험이 다가올까 걱정하며 지내지만
꽃들은 아름답고 벌레들은 노래한다
언제나 산천초목들은 춤을 추듯 무성하다

목생(木生) 화(火) 화생 토(土)요 토생 금(金)에 금생 수(水)라
또다시 수생(水生) 목(木)에 목생 화로 이어지니
모두가 서로서로 살리며 이어감을 아세나

상극(相剋)이란

서로가 살려주면 아무 문제 없나 했지
그것이 이어지니 게으르고 무심해져
언제나 서로를 삼가며 앞장섬이 중요해

동물은 물론이고 식물들도 움직여야
사는 걸 다시 보면 서로 간에 경쟁이야
누구나 이겨야 살아남고 주저하면 밀려나

나무는 흙을 이겨 흙으로는 물을 막아
물로는 불을 끄고 불로서는 쇠를 녹여
목극 토 토극 수에 수극 화 화극 금에 금극 목일레

이기려 힘을 쌓고 너도나도 발전하니
그 누가 독불장군 온 자연을 지배할까
지면서 이겨가느니 승자임을 아세나

지극한　정성으로

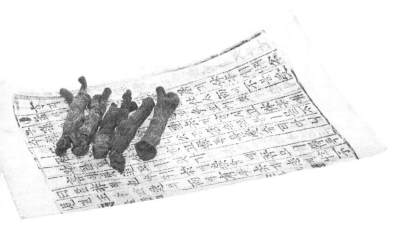

모든 게 약재

인류의 시작인가 에덴동산 뭇 열매들
삼키면 죽는다는 하느님 경고지만
사랑이 묘약이었나 자자손손 퍼지네

동의보감(東醫寶鑑) 쓰실 때

님께서 책을 낼 때 자료를 모으시고
의서를 골라내어 일일이 맞춰본 뒤
견주고 정리해가며 참과 거짓 가렸다오

선조님 명령이나 임진왜란 겪는 통에
작업이 어려워져 광해군 때 완성했지
강대국 이루어내려면 국민건강 먼저야

약재를 고르실 때

바르게 자랐는가 겉모습 훑어본 뒤
뿌리엔 흠이 없나 속까지 살펴보고
생산지 특성을 찾아가며 구별해서 보관해

색깔은 제대론가 냄새에 맛까지도
혹시나 변질될까 습기와 벌레 피해
엄선에 엄선을 거쳐 빈틈없이 간수해

정성껏 약을 지어야

어느 것 하나라도 정성을 기울이고
후회할 일 생길까 조심하고 또 조심해
생명을 다루는 데에는 소홀함이 없으리

환자를 살피거나 처방을 낼 때에는
오로지 한마음에 잡념을 싹 버리고
건강을 지키겠다는 책임감이 중요해

티 없는 약봉지에 뚜렷한 처방문과
정리된 내용물에 꼼꼼한 뒷마무리
지극한 정성 하나로도 약 효능이 높아져

약을 달이는 정성

전통의 탕약들은 찌고 말려 썰고 갈아
첫 샘물 떠올려서 약재를 달일 때에
마전한 보자기와 약탕기 숯불까지 되었나

정갈한 곳을 찾아 사람 짐승 멀리하고
넘칠까 졸아들까 눈을 떼지 못하다가
조그만 흩어짐도 없이 약을 짜서 올리세

혹시나 뜨거울까 지나치게 식었을까
환자의 모습들을 가늠하는 지극정성
수 인사 대 천명으로 환자들을 구하세

약을 먹을 때도 정성

좋은 약 쓰다 하나 맞을 때는 혀에 당겨
기술이 좋아져서 모든 약이 입에 달달
귀한 약 남용을 하면 건강까지 해친다네

약들도 넘쳐넘쳐 흔해진 시절이라
더욱더 정성 들여 골라가며 먹어야 해
옛 말씀 지켜간다면 그것 역시 명약일세

약효는 나의 건강 대 이을 뿌리라니
물약도 씹어 먹고 삼킨 뒤에 배를 쓸어
한 마음 한 정성으로 섭생 만세 이루세

신토불이(身土不二)

국산품 애용 운동 언제부터 시작했나
우리 몸 우리 흙은 둘이 아닌 하나라지
이 나라 풍한서습조화(風寒暑濕造化)를 허준 님이 살폈지

바람과 추위 더위 습기 건조 화기로서
양의가 외인이라 세균들은 빠졌지만
한자명(漢字名) 바람 풍자 안에는 벌레 충이 있었지

다치고 감염되고 영양부족 병의 원인
추위와 더위 등이 지나치면 해를 준다
언제나 여섯 가지 외인(外因)을 살펴보라 하셨지

생산지 먹을거리 외치지 않더라도
우리의 금수강산 우수한 이 민족을
세계가 부러워하니 전통 향약(鄕藥) 베푸세

살피고 살피니

질병을 고치려면 진찰부터 정확해야
환자의 모습이나 질문과 답변에서
눈빛에 호흡 맥박까지 모두모두 중요해

보다 더 세분화된 현재도 그렇지만
사람의 구성 요소 조목조목 따질 때에
흙과 물, 불에다 바람까지 지수화풍(地水火風) 캐보자

외인(外因)과 내인(內因)으로 감정까지 살피는데
양의(洋醫)는 유전이나 연령 성별 면역까지
타고난 기질을 가려가며 내인으로 보았지

기쁨과 공포들도 병이 될까 하였는데
현대인 대부분이 희노우사(喜怒憂思) 비공경(悲恐驚)
뿌리는 한방(韓方)의 내인(內因)이다 하나임을 아세나

진맥(診脈) 하나로

눈부신 과학 발전 더 놀라운 현대의학
간장에 염통까지 떼었다가 붙이고서
단단한 머리통까지 쪼갰다가 꿰맨다

피검사 하나로도 모든 병인(病因) 알아내고
대대로 물려오던 천년 세습 고질병도
도려낸 악성 유전자로 건강한 몸 찾게 한다

마취에 취한 환자 잠시동안 자다 깨면
고통아 물러나라 꿈결 같은 세상이나
환자들 불신 불만에 의료계가 멍든다

예전의 명의들은 뛰는 맥상 한 가지로
갖가지 질병들을 알아내고 치료하니
생명을 다루는 그 믿음에 눈 달린 것 아닐까

지극히 정성된 마음으로

뼛속에 들어있는 티끌까지 알아내며
대대로 이어오던 유전병도 고쳐준다
놀라운 의료과학기술에 평균수명 늘어난다

현대인 체력건강 날로날로 허약해져
외모는 멀쩡한데 속이 비어 탈이란다
원인이 무엇인지를 찾아보세 찾아봐

조상님 이르시길 모든 건 마음부터
정성을 기울이면 못 이룰 일 없다 한다
우리도 그 말씀 좇아 정신일도(精神一到) 해 보세

복잡한 세상만사 따져도 그렇지만
그 하나 마음이고 매사가 정신이다
우리네 건강과 풍요를 마음으로 지키세

간식과 반찬거리가 약이라니

가죽나무 뿌리

저근백피(樗根白皮)

누에도 키워주는 구황식품(救荒食品) 죽나무와
비슷한 가짜라서 가죽나무 되었는데
약으로 쓸 수 있다니 유용식품(有用食品) 아닌가

뿌리의 흰 껍질을 한 줌 정도 끓이거나
볕이나 불 위에다 바삭바삭 건조시켜
가루약 만들고 나서 두세 번씩 복용해

여성의 하혈이나 이질 환자 혈변에는
좋은 약 명의들이 수두룩하다지만
백피(白皮)도 효과가 있은즉 복용 한 번 해보세

수고만 조금 하면 바로 구할 약재이니
옛 조상 생각하며 시험 삼아 사용하면
내성(耐性)도 걱정이 없는 항생제 명약이야

가지
가자(茄子)

쭉 뻗은 그 모습은 솟구치는 힘의 상
검붉은 그 색깔에 남성미가 충만하여
뙤약볕 꿋꿋이 버티고서 시들 줄도 모른다

목마른 사람들은 내게로 다가오라
넘치는 자신감에 밖에 나가 맞이할 때
수줍은 귀갓댁(貴家宅) 아가씨는 외면하고 말았지

잎새도 여유로워 궁색한 데 하나 없고
외모도 그렇지만 내공을 쌓고 쌓아
고혈압 고지혈증에도 명약일시 분명해

어디나 구급약도 좋아지고 흔하지만
더위를 먹었거나 어패류 식중독에
가지즙 내어 먹으면 직방이니 써 보세

개구리밥

부평초(浮萍草)

흙 한줌 모래 한알 잡아주지 않으므로
저 홀로 떠다니며 살아갈 길 터득해서
땅 없는 농부들에게 수경재배 가르친다

성질이 서늘해서 살갗의 열을 내려
난치병 아토피와 거친 피부 곱게 하고
고열(高熱)로 달여 마시면 곧바로 땀이 난다

밤과 낮 사랑놀이 재잘대도 허기(虛飢)진다
그래도 한약재로 잘 나가게 되었는데
무심타 농약까지 뿌리니 부평초는 어찌하나

거처가 따로 없어 밀려나나 했는데
생명의 먹을거리 귀한 약재 인정받아
이제는 뛰어난 그 효능에 수라상도 비켜난다

검은 콩
흑두(黑豆)

하버드 들어가도 무시만 당하므로
도서관 틀어박혀 이 책 저 책 뒤지는데
두만강 이름 그대로 콩 원산지 맞다 하네

한글은 세계 제일 금속 활자 세계 최초
그 누가 알아주나 인정받기 전이라서
유학생 그 기록 그 감격에 눈물까지 흘렸대

우리의 살이 되고 힘이 되는 맛 좋은 콩
독충에 쏘였거나 독사에 물렸을 때
병원이 멀다고 하면 끓여 먹고 발라 줘

해마다 가을이면 장단태 축제라니
간장 된장 영양 만점 응급처치 비듬 치료
이제는 누구나 선호하는 일등작물(一等作物) 아닌가

겨자

청개(靑芥)

겨자는 울면서도 먹는다는 양념인데
맵기도 하거니와 코끝까지 톡 쏘지만
내장을 자극하고서 식욕까지 돋아 줘

피부에 멍이 들고 종기가 생기거든
가루를 식초에다 섞어서 발라보고
잇몸이 나빠지거든 겨자 재를 발라봐

병원의 처방에는 소염제로 쓰는 약에
효험이 속하라고 항생제가 끼이므로
염증성 질환이 생기면 겨자부터 이용해

관절을 삘 때에도 밀 반죽을 붙여 봐
그 씨가 하도 작아 성경에도 비유되니
그 믿음 쌓아가던 일들이 추억으로 남겠지

고추

번초(蕃椒)

초가가 보석처럼 아름답게 바뀌는 철
지붕은 조개껍질 그 위에 빨간 고추
제비는 강남 갈 채비로 월동 준비하는가

가지과 식물인데 달지 않고 맵디 매워
서양의 의사들은 매운 맛이 없다지만
우리네 산고감신함(酸苦甘辛鹹)이 오미(五味)임이 분명해

미뢰(味蕾)[1]는 열감으로 느낀다 이르지만
분류의 차이인가 시고 쓰고 달고 맵고
체증(滯症)과 감기 몸살에는 발한제(發汗劑)로 더 좋아

극(極)지방 물론이고 한겨울 추위에는
방한화 있더래도 동상이 걱정되면
몇 숟갈 고춧가루를 신발에다 뿌려봐

---

1   미뢰(味蕾) : 척추동물 혀 점막에 있는 맛을 느끼는 꽃봉오리 모양의 감각기관

곶감
건시(乾柹)

집집이 밤나무에 감나무와 대추나무
감꽂이 호박꽂이 울타리에 주렁주렁
약국도 병원도 없었지만 건강하게 컸었지

곶감은 호랑이가 무서워한다지만
엄마의 젖보다도 부드럽고 맛이 좋아
눈 내린 기나긴 밤에도 이야기꽃 피웠지

솔밭에 파도 소리 반짝이는 북두칠성
우뚝 선 미루나무 악기 연주 이어가니
부엉이 밤을 새워서 반주 따라 노래해

설사와 딸꾹질에 꼭지를 달여내어
의사님 안 찾아도 몇 모금 마셔두면
또 하나 이야깃거리 호호 하하 웃었지

김
해태(海苔)

종이에 밥을 싸서 끼니를 때우느냐
납작한 코에다가 찢어진 눈고리라
더하여 염소똥까지 먹는다고 놀렸지

그 창피 당하면서 부지런히 공을 쌓아
구호만 받던 데서 해외 원조하는 나라
지금은 반도체 하나로도 더해가는 인기야

영양소 결핍으로 공연히 땀에 젖고
잘 때도 이부자리 축축하게 만들면은
식용유를 첨가하여 약으로써 먹어 봐

비타민 늙은 호박 뱀장어탕 검은 염소
그보다 김 열 장을 식용유와 끓여 마셔
우리네 영양식으로 허약체질 보한다

녹두(綠豆)

갈색의 꼬투리에 오틀도틀 열매라니
불볕도 마다치 않고 토실토실 여무는데
아차차 실수를 했네 건드리면 톡 터져

그것이 번식하는 방법인가 했었지만
평소에 생각조차 안 해본 모습이다
모습은 그렇다고 하지만 색깔까지 연약해

요즘은 약이 좋아 해독제도 많다지만
독물이 더 많아져 몸속에 쌓인 찌끼
방법이 없을 때에는 조상 지혜 상기해

해충이 파고들어 쉽게도 변질된다
깨끗이 잘 말려서 철저히 보관한 후
필요시 죽과 즙 만들어 해독제로 써 보세

당근

홍나복(紅蘿蔔)

국민의 평균수명 높은 나라 찾을 때면
일본을 떠올리며 관심 깊게 살피는데
때마다 현숙한 주부들은 홍당무를 올린다

빨간색 비타민에 야맹증도 치료하고
심장과 혈관들을 튼튼하게 만들면서
근력과 원기를 더해주는 식재료로 꼽힌다

심신이 피로하고 불면증에 시달릴 때
즙으로도 좋지마는 반찬거리 더욱 좋다
반드시 지켜야 할 것은 식용유를 같이 쓰자

제주의 명산물로 여러 가지 있지만은
당근도 맛이 좋아 너도나도 찾고 있지
농부들 건강은 물론 주머니도 두둑해져

대추
대조(大棗)

벼락을 맞은 뒤에 오히려 값이 뛰니
잡귀를 쫓아내고 행운을 불러온다
도장과 지팡이로 지니면 임금처럼 모신대

열매는 감칠맛에 영양분도 우수하며
씨앗이 하나라서 왕을 비는 마음으로
제사상(祭祀床) 오를 때에도 품격 높은 과일이야

생강과 어울려서 보약에 안 빠지고
약효도 어느 것에 뒤지지 않으므로
약물로 조화를 이루는 효과 높은 약재야

마음을 진정시켜 원기까지 솟게 하며
산대추 속 씨앗은 수면제로 자주 쓰여
산조인 그 이름으로 불면증을 치료해

땅콩과 족발

요즈음 사람들이 더욱더 거친 것은
소젖 먹고 자라서란 어른들 말이 있지
태아가 듣고 자란 박동에 분유통이 없다지

한동안 어머니 품 적응이 필요한데
외톨이 젖꼭지에 감싸줄 손 멀어진다
마음이 허전타 보니 정서까지 불안해

이 점을 생각해서 어머니 젖 먹이려고
백방으로 애를 쓰나 치료가 안 될 때는
어렵게 걱정을 말고 쉬운 방법 찾아봐

양념에 막걸리도 한 잔쯤은 좋으므로
식욕이 당기도록 마늘 당근 곁들여서
땅콩과 돼지 족발 쌈에다 아구아구 먹어봐

마늘
대산(大蒜)

이집트 피라미드 일꾼들의 힘의 원천
으뜸가는 식품으로 지금도 회자된다
식욕도 높여가면서 각종 질병 물리쳐

감기는 모든 병의 시초라 말하는데
세 통의 마늘에다 대파 뿌리 다섯 개에
생강물 끓여놓고서 후춧가루 타 마셔

고단위 항생제도 못 고치는 종기에다
변비와 내성으로 외면당한 결핵에는
참깨와 볶아놓고 찧어 여러 차례 먹어봐

치통에는 따끈하게 데워서 물고 있고
간장이 약할 경우 장복을 삼가며
냄새가 걱정일 때는 우유 한 잔 마셔봐

매실(梅實)

눈 속에 피어나는 절개의 꽃 매화인데
고매한 그 열매가 우리에게 약이 되어
식사와 함께할 때는 소화제가 되었지

우리는 김치지만 일본에선 우메보시
식탁에 갖춰놓던 청매실 장아찌라
여기에 맛 들이고 나면 고향 생각 깊어져

깨끗이 씻은 뒤에 바람에 건조시켜
꿀이나 설탕에다 밀봉해서 발효되면
목소리 잠겨 들 때와 배탈 날 때 특효지

샘터나 냉장고에 시원하게 보관해서
손님을 맞이할 때 매실주와 함께 내면
신선이 따로 있더냐 시흥(詩興)이 절로 나지

무우
나복(蘿蔔)

예부터 사람들이 전해오던 말 그대로
무우는 텃밭에서 생산되는 인삼이라
후한말(後漢末) 제갈공명(諸葛孔明)도 제일이라 여겼대

한겨울 연료로써 무연탄을 쓰던 시절
뿜어낸 연탄가스로 많은 생명 앗아갈 때
동치미 국물밖에는 구급약이 없었지

혼수상태 그 와중에 몇 쪽을 물렸었지
반찬이 없을 때도 무 밑동 하나이면
무나물 김칫국으로 즉석 접대했었지

줄기침 천식이나 당뇨병 갈증에는
무즙에 꿀을 타나 속쓰림이 생길 때는
우유와 장복을 하니 소화력도 좋아졌지

미나리
근채(芹菜)

뛰어난 생존력이 영화로도 다루어져
은막의 최고라는 오스카상 수상하고
한 많은 한국인들을 전 세계에 알렸지

비료나 농약 없이 공해를 타지 않고
얼음이 버적대도 싱싱하게 자라나서
사계절 대중과 함께하니 정에 겨운 채소야

마시면 마실수록 더해가는 서러움을
몸까지 망가져서 풀지 못할 그 사연을
희뿌연 여명 속에서 헤매는 나그네여

영양이 부실하여 안색도 까칠한데
배설도 껄끄럽고 혈변까지 보일 때는
미나리 한 줌을 갈아 벌컥벌컥 마셔봐

밤

율(栗)

산모가 젖이 없어 아기가 보챌 때는
밤으로 대신하면 오히려 튼튼했대
화장품 중독이 들 때도 속 껍질이 약이 돼

삼정승 못 되어도 건강하면 제일인데
나무의 열매지만 영양분이 갖추어져
젯상(祭床)에 올린 과일치고 허술한 것 있었나

흉기에 다치거나 지네에게 물리면은
밤 알을 곱게 찧어 골고루 발라주면
상처가 쉬 아물게 되고 파상풍도 예방해

가시가 목에 걸려 빼기가 어려우면
속 껍질 태운 재를 넣어주면 간단하니
꼭꼭꼭 기억해 두었다가 당황 말고 움직여

배
이(梨)

화상을 입으면은 2차 감염 조심조심
연고를 바르면은 대개가 치료되나
화기(火氣)가 땟땟할 때는 하얀 과육 붙여줘

우수한 기침약이 여러 가지 많지마는
그래도 고질 되어 고통이 이어지면
달콤한 중탕 배 국물을 몇 차례씩 먹여봐

큰 배를 하나 골라 껍질 채 씻은 다음
꼭지를 도려내고 속 씨를 파낸 뒤에
꿀이나 설탕을 채우고 그 꼭지로 닫아봐

그릇에 배를 담아 중탕으로 오래 끓여
서서히 남김없이 후후 불며 먹고 나면
마른 목 막힌 가슴이 풀려 머리까지 가볍지

살구씨

행인(杏仁)

전답이 토박해서 농사가 어려운 땅
그래도 살구나무 한 가지는 가능하다
살구를 말리고 절여 발효시켜 먹는다

버리던 살구씨도 약이 되니 더욱 좋다
그것이 보약인가 장수촌이 되었으니
죽은 피 맑게 해주고 염증까지 사라진다

시조창(時調唱) 부르다가 목소리 잠길 때도
한 잔의 우유에다 껍질 벗긴 살구씨를
약불에 보글보글 끓여서 홀짝홀짝 마셔봐

피부가 거칠거나 생리가 불순할 때
살구씨 몇 개씩을 심심할 때 먹어 두면
병원 약 효험이 더딜 때 득이 된다 득이 돼

상추

와거(萵苣)

농부의 고마움을 실감하게 하는 것은
상추쌈 먹을 때는 누구나 풍성해져
밥상도 마음까지도 흘러흘러 넘친다

눈보라 치는 날도 삼겹살 쌈장에도
싱그런 상추쌈은 무엇보다 잘 어울려
체면을 뒤로 미룬 채 배부르게 먹세나

농약을 주지 않고 재배하던 채소라서
귓구멍 벌레들도 상치즙에 도망가며
치아가 변색할 때도 그 효과가 뛰어나지

뿌리째 말린 뒤에 곱게곱게 가루 내어
칫솔질할 때마다 조금씩 섞어 쓰면
치과에 가지 않아도 되니 비용까지 덜어줘

생강(生薑)

생강은 일찍부터 향과 맛이 독특해서
식품을 뛰어넘어 약재로도 애용되니
동서를 막론하고서 제품들이 다수야

똑똑똑 잘게 썰어 액즙과 건재(乾材)로 해
양념은 보통이나 첨가물도 이용하고
과자로 만들어 두면 안주로도 훌륭해

피로에 식욕부진 감기와 위장장애
수족이 차가우며 저항력이 약해지면
생강차 마셔가면서 여유 찾아보자구

겨드랑 냄새에는 즙을 내서 바르면 돼
이렇게 만능이니 신이 내린 선물이야
받들며 모시기도 한다니 더욱 귀히 여기세

익모초(육모초)

가족이 무병하고 화목하게 지내려면
첫째는 안 주인이 튼튼하고 행복해야
아이들 양육은 물론 음식까지 그렇지

혀끝이 저릴 만큼 쓰디쓴 풀이지만
여섯 모 생김새라 육모초라 불리는데
약쑥과 함께 끓여서 보약같이 써야 해

더위와 식중독에 백약이 무효일 때
한 움큼 가려다가 즙을 내서 마셔보면
익모초 그 이름 따라 누구든지 좋아해

별다른 가미재(加味材)를 첨가하지 않더라도
정성껏 조린 뒤에 환약으로 장복해서
불임증 소화불량 고치며 대를 이은 영약이지

앵두

따뜻한 양지쪽에 봄맞이로 피는 꽃에
선홍색 열매들이 조락조락 열리면은
아기가 아장아장 걸어와 엄마 입에 쏘옥 쏙

병원은 안 보이고 독사들은 여기저기
한 번만 물리면은 온몸에 독이 퍼져
장정도 맥없이 쓰러져서 엄마엄마 불렀지

앵두잎 즙을 내어 서너 차례 마시면서
뿌리를 잘라내어 상처에다 문대주면
그것이 신효한 약이 되어 회생하게 되었지

촌충이 있을 때도 앵두 뿌리 삶은 물을
식기 전 따뜻할 때 공복에 마셔보자
몇 차례 반복해 마셔보니 뿌리까지 뽑혀져

오이

황과(黃瓜)

종자가 개선되어 마디마다 꽃이 활짝
넝쿨에 황금별과 열매가 주렁주렁
우후에 죽순이라고 하나 오이 또한 빨리 커

더위가 심해지면 밥맛도 떨어지고
그것이 계속되면 누구나 힘을 못 써
병원약 이 약 저 약 써 봐도 안 들을 때 있었지

기분을 상승시켜 신에게도 올리는 술
정도가 지나치면 미쳐 뛰는 망나니라
독주가 인간을 삼켰을 땐 구급약이 황과야

송송송 채를 썰어 미역이나 다시마에
간장으로 간을 맞춘 오이냉국 먹어보면
숙취야 물러가거라 삼복까지 거뜬해

완두(豌豆)

어찌나 통통한지 터지려나 했었는데
해 밝은 그 색깔이 귀엽기만 했었는데
그 또한 약이 된다 하니 신통하지 않은가

백병에 노출되어 울어대는 갓난쟁이
전염병 무서운데 피부병은 더 무서워
저항력 매우 약하니 청결부터 지켜야

완두콩 삶은 물로 구석구석 씻기면은
피부는 튼튼하고 저항력을 높여준다
허약한 노인과 산모들도 죽을 쑤어 먹게 해

언제나 탱탱하게 차오른 모습처럼
영양도 채워주고 활력도 넘치겠다
소중한 완두콩이니 서둘러서 사용해

죽순(竹筍)

당뇨와 신장염에 투석까지 이르려면
업무는 고사하고 하루 종일 건강관리
여기에 생활의 대부분을 빼앗기니 큰일이야

나무도 아닌 것이 곧기는 뉘 식인가
그릇과 각종 가구 그밖에 농기구들
병기와 악기는 물론이고 약물로도 쓰인다

게다가 연한 죽순 우리의 먹거리로
입맛도 새롭지만 환자의 약재로써
소화기 순환기에다 비뇨기도 치료해

신장이 나빠져서 소변이 불편하면
옥수수수염에다 비율을 같이 하여
끓여서 수시로 마시면 신장염도 치료돼

토란(土卵)

연잎을 닮았으나 무성하지 못하여서
인기가 뒤처지고 경전에도 못 오르나
그래도 홍역과 부기에 우수한 약재이다

고열을 내리려면 당근을 함께 삶아
그 물을 옆에 놓고 수시로 들게 하면
이뇨제 역할을 하여 열꽃까지 잠잠타

동전이 목에 걸려 기도가 막힐 경우
촌시가 급한데도 의원이 없을 때는
두 발을 거꾸로 잡아들고 등을 치면 토한다

이 정도 아닐 때는 여유를 가지고서
토란을 삶은 물을 거푸거푸 마시면은
잠시 후 저절로 게우거나 대변으로 나온다

토마토

번가(蕃茄)

탐험가 콜럼버스 신대륙도 발견하고
새로운 먹을거리 기아자(飢餓者)도 구원하니
감자와 땅콩에 옥수수와 토마토가 그거야

감처럼 생겨선가 땅감이라 불렀었지
영양도 좋은 데다 농사도 잘되어서
과일과 채소만으로도 그 기능이 다양해

모습도 다양하며 완전식품 가까우니
어느 곳 누구에게나 사랑받고 있으면서
순환기 환자뿐만 아니라 허약자에 유익해

이따금 체질 따라 피하는 자 있지만은
조미료와 후식으로 대부분 익숙한데
익혀도 영양이 살아있어 보물 같은 존재야

파
총(蔥)

파 하면 마늘에다 고춧가루 깨소금과
대표적 양념으로 끼니마다 먹으면서
식욕과 소화력도 높이는 채소 중의 채소다

온몸이 찌뿌드드 피로가 겹친 데다
등골이 오슬오슬 신열이 오르면은
파 뿌리 팍팍 끓여서 자주자주 마셔봐

기침과 몸살같이 감기 증세 초기에는
별다른 약 없이도 가만히 땀을 내면
부작용 하나도 없이 깨끗하게 나아져

보다 더 효과적인 치료를 위해서는
몇 쪽의 생강 마늘 청양고추 한데 끓여
따끈히 마시고 나서 이불 땀을 내보세

후추
호초(胡椒)

기름진 육식으로 생활하는 사람들은
입안이 텁텁하고 뱃속이 느끼해서
향신료 뿌려가면서 목숨까지 걸었지

동서양 무역로도 한달음에 개척하고
신대륙 발견하여 역사도 다시 쓰니
참으로 향미의 영향이 대단하지 않았소

더위가 심해지면 벌레들도 극성인데
게다가 더 무서운 독충까지 나타나니
아이도 불안하지만 어른들도 한가지야

지네에 물리면은 아픔보다 더한 공포
후추나 밤을 씹어 환부에 문대준다
병원에 안 가도 되니 안심해도 될 거야

물려받은 경험으로

기(氣)와 경락(經絡)

쌀미 자(字) 들어있는 기운 기(氣)는 천기(天氣) 지기(地氣)
공기와 일기 전기 하다못해 기분까지
자연과 인간에 돌아가는 모든 형상 아닌가

경락은 길경 자(字)에 이을 락 자(字) 표기하니
날줄과 씨줄에다 힘의 이동 통해가는
경로와 짜임의 연장이라 이해하면 되겠지

사람의 육장 육부 기의 통로 이어져서
십이 경 거기에다 기경팔맥 휘도니
경혈(經穴)도 삼백육십 열두 달 한 해와 같은 게야

경혈은 기의 출입 구멍이란 이름인데
심경(心經)은 아홉에다 방광경(膀胱經)은 예순셋에
일곱 배 이르고 나니 폐수처리 중요해

기혈(氣穴)의 보사(補瀉)로써 우리 건강 지키는데
손가락 맨주먹의 접촉으로 가능하니
손으로 쓰다듬고 두드려 기와 경락 샘솟게 해

최초의 치료제는

사람이 아플 때에 무엇부터 사용했나
생각을 않더라도 우리 손이 먼저였지
그것은 지금도 마찬가지 제일 먼저 손이 가

체온이 올라가서 고통이 있을 때도
자신은 고사하고 부모 자식 병이 나도
우선은 손으로 짚어가며 그 고통을 덜었지

그것을 보감(寶鑑)에는 도인(導引)이라 하였는데
한자를 쓸 때라서 중국식이 되었으나
내용은 어머니 약손 같은 맨손 치료였었지

쓰윽 쓱 쓰다듬고 탁탁 탁탁 두드리고
꾹 꾹꾹 주무르니 지압 같은 운동이야
맨손만 얹어주어도 뚫린 듯이 시원해

어머니 손은 약손

어머니 손은 약손 왕자님의 배는 꾀배
슬슬 슬 물러가라 배앓이야 물러가라
아픈 배 쓸어주시며 주문처럼 외웠지

찌르는 아픔마다 뒤틀리던 창자인데
트림이 글컹글컹 방귀가 피식피식
어느새 소로록 잠이 들고 깨어나니 멀쩡해

솜처럼 부드럽고 비단처럼 곱던 손길
병원은 물론이고 약국도 없던 시절
어머닌 철부지 눕혀놓고 배를 쓸어주셨지

때마다 끼니 걱정 늘어나는 식솔 걱정
활처럼 휘는 허리 손목은 고추 꼭지
어머니 약손을 생각하면 눈물부터 앞선다

내 손으로 감기도 떨구고

들숨과 날숨처럼 쉬운 게 있었을까
하지만 이 숨길에 질병이 많아지니
언제나 치료와 예방에도 철저하게 힘쓰세

감기란 말 그대로 기운을 느끼는 것
코와 귀 팔꿈치에 무릎과 뼈마디 등
몸에서 튀어나온 부위들이 잘 걸리는 곳일세

시리고 쏙쏙 쏙쏙 찌뿌드드 오슬오슬
기분이 이상하면 쓰다듬고 두드려서
기혈을 골고루 활발하게 통하도록 해주세

이것도 미리부터 예방하면 그만이니
평소에 관절 가슴 고루고루 비벼주면
온몸이 가볍고 시원해져 피로까지 풀리네

내 손으로 체기(滯氣)도 뚫고

눈빛이 흐려지고 복통에다 사경으로
급체가 분명한데 구급차가 어려우면
살살살 목구멍을 자극해 토하도록 해줘야

맹장염 위기에도 병원이 어려우면
항문에 관장약에 비누 조각 넣은 뒤에
대변만 통하게 해주면 쾌치까지 가능해

체기(滯氣)는 말 그대로 기의 소통 안 되는 것
감정이 격할 때나 먹은 것이 꽉 막히면
아무리 건강타 해도 휘청이니 어떻게 해

손가락 사이사이 마디가 접히는 곳
배꼽의 상하좌우 쓸어주고 주무르면
통증도 완화되면서 대소변도 본다지

내 손으로 새 생명까지

부동석(不同席) 남녀 사이 첫날밤 기함할까
새신랑 통과의례 발바닥을 두드렸고
신기(腎氣)를 돋구어 주어 새 생명을 기원해

따 먹자 당기시며 키우시던 고추이니
요도낭 고무호스 조심스레 이용해서
방광에 고정된 바람 풍선 당기다가 빼면 돼

농인지 진담인지 할 일 없이 심심하면
제각기 다리오금 긁어주라 하였는데
그 말에 담긴 뜻은 생산력(生産力)을 높이자네

궁금한 그 위치는 은밀한 그곳이니
남근의 뿌리 위에 치모 중에 오금진 곳
소변 후 취침 전후에 손가락으로 긁어줘

저출산(低出産) 고령화(高齡化)에 나라까지 걱정인데
아기를 낳으려 해도 노산(老産)이 문제이다
교대로 아랫배를 부비고 다리오금 부벼줘

내 건강도 내 손으로

기름진 영양식에 보약도 좋지마는
어쩌다 지나치면 독이 되고 병이 된다
건강에 더 좋은 것은 내 손맛이 제일이야

경락을 경로대로 쓸어주면 되는 건데
처음엔 서툴러서 어렵다고 하겠지만
손으로 귓바퀴만 쓸어도 시원한 걸 왜 못해

겨드랑을 시작으로 팔 안쪽과 손바닥을
호흡에 따라 올라 귀까지 쓸어주면
입에는 침이 가득해지고 머리까지 맑아져

몸통도 경락 따라 다리도 마찬가지
슬슬 슬 쓸어주면 소화는 물론이고
불면증 고질병까지도 차차 차차 좋아져

소독

타인과 접촉에는 감염을 예방해야
세균을 유념해서 소독이 철저해야
두 손에 기구와 환부까지 차례차례 소독해

침(針)에는 알콜인데 순도가 높으면은
휘발성 강해지니 약사에게 택해 받아
침술에 도인 쓰두까지 철저하게 소독해

알콜이 거부될 땐 붕사를 쓰면 되나
침 같은 금속에는 부식이 우려되니
환부만 가려가면서 구분해서 사용해

일회용 가는 침은 따로 모아 버리지만
침곽에 소독기는 사용하고 난 뒤에도
하나도 빠트리지 말고 거듭해서 살균해

돌침에서 호침까지

침술은 우리나라 폄침이 원조인데
수직을 지켰어도 그 고통이 심했겠지
중포로 국립박물관에는 폄돌 침이 있거든

긴 침과 짧은 침에 가는 침과 굵은 침 등
전부터 사용하던 일반 침도 아홉 가지
재료도 아주 다양해져 자석 침도 생겼지

자석을 원료로써 만들어진 자석 침은
찌르지 아니하고 붙이기만 해도 되니
그것도 침술에 속하는가 의문부터 앞서지

가정의 상비물로 되어가는 스프링 침
길이 굵기 일정하며 대롱까지 일정하다
대체로 사용되는 걸 호침이라 부르지

위급할 때 침이 속(速)해

맹물을 마실 때도 서두르면 체(滯)가 되고
달걀을 먹다가도 급하면 목이 메고
장정도 기가 막히면 쓰러지니 위험해

언제나 무엇보다 기 순환이 중요한데
체기(滯氣)의 소통에는 침이 우선 필요하지
말하던 1침 2구 3약을 실증으로 보여줘

교통도 길이 넓고 쭉 곧으면 잘 나간다
몸속의 기 운행도 좁고 휘면 잘 막히니
손가락 발가락 마디마디 후미진 곳 풀어줘

고열엔 검지 손톱 뿌리 옆을 찔러 따고
급체가 생기면은 엄지 검지 사이를 따
중풍엔 열 손가락 끝을 따 위급함을 달랜다

고질 염증과 무좀 통풍에도

수술도 할 수 없는 당뇨병이 무서워서
수시로 혈당검사 일상으로 하는 중에
볼펜 침 스프링 침이 사혈(死血)에는 편리해

염증엔 삼출 어혈 회복을 막으므로
피 내는 스프링 침 따끔하게 톡톡 톡톡
고통과 고열도 사라지고 제정신도 돌아와

조그만 뾰루지와 무좀도 지긋지긋
통풍의 그 아픔이 병원보다 다급할 때
소독한 사혈침 몇 차례로 피를 내면 깨끗해

십병 구체에 사관 침

병원이 우선이나 사관이라 불리는 곳
피 내는 스프링 침 갖다 대고 톡톡 톡톡
핏방울 흘리고 나면 복통까지 사라져

엄지와 검지 사이 그 뿌리 벌어진 곳
발에도 첫째 둘째 발가락의 골진 부위
좌우 쪽 합곡과 태충혈을 사관이라 부르지

열 병에 아홉으로 많은 것이 체기(滯氣)인데
톡 하면 찾아가서 담배 한 봉 드리고서
침 맞고 뒤돌아서면 가뿐하게 나았지

치질에

쾌변이 건강인데 변비에다 치핵(痔核)까지
의원님 먼저지만 형편이 안 될 경우
철저히 소독한 뒤에 사혈(瀉血)시켜 주세요

졸도에

갑자기 혼수상태 병원 가기 어려우면
콧구멍 칸막이에 비초 부분 수구혈(水溝穴)에
소독한 옷핀이나 바늘로 찔러주면 깨어나

기함(氣陷)²에

구급차 부를 여유 촌시가 급할 경우
소독한 바늘이나 그을린 옷핀으로
음부와 항문 사이에 있는 회음혈을 찔러봐

---

2 기함(氣陷) : 갑자기 아프거나 놀라 소리를 지르면서 넋을 잃는 증세

관절을 삐었을 때
염좌에

병원이 우선이나 형편이 안 되며는
환부를 꼭꼭 눌러 아픔이 더한 곳에
소독한 사혈침 놓고 피를 빼면 시원해

만성 치료에는 뜸으로

질병이 오래되어 만성으로 이어지고
백약이 무효에다 포기하기 직전이면
속아도 본전이라니 뜸으로써 고쳐봐

아무런 약물 없이 마른 쑥만 있으면 돼
소독도 필요 없어 묵은 쑥은 더욱 좋아
쿡쿡쿡 돌절구에 찧거나 맨손으로 부벼서 써

솜처럼 부드럽게 깃털처럼 가벼웁게
잡물을 제거한 뒤 쌀알만큼 팥알만큼
크기를 정한 다음에 살짝 얹어 태워봐

화상이 걱정되면 마늘이나 생강 쪽을
아니면 종로 삼가 의료기구 상회에서
구관을 구입해다 붙이고 뜸을 뜨면 되거든

머리의 찬바람과 두중(頭重)³에

머리칼 잘 빠지고 찬 바람과 두중이면
좌우의 귓부리를 정수리로 이은 선과
머리통 정중선(正中線) 교차점에 뜸을 한번 떠봐줘

거기에 뜸을 뜨면 들뜬 피부 가라앉고
몇 번 더 계속하면 두 눈도 밝아지며
무겁던 머리도 가벼워져 새 세상을 만난다

---

3   두중(頭重) : 머리가 무거운 증세

어지러움에

두 눈을 꼭 감고서 기둥을 꽉 잡거나
바닥에 엎드려도 세상이 빙빙 돌면
귀 주변 오목한 곳과 규음(竅陰) 백회혈(百會穴)에 뜸을 떠

만성 두통에

단잠을 자고 나도 온몸이 천근만근
조금만 힘이 들면 머리가 지끈지끈
두통약 달고 산다면 정수리(百會穴) 뜸 떠보세

냉증에

온몸이 차가우면 만병의 원인이 돼
정결한 마늘쪽에 소금을 가려갖고
배꼽에 얹어놓은 뒤에 조심조심 뜸을 떠

한문으로 노래한 약성

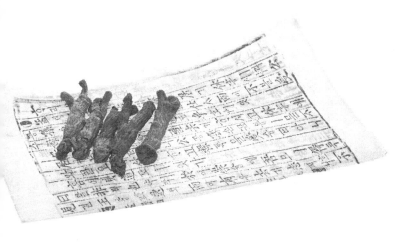

감초(甘草)
구로

감온(甘溫)에 화제약(和諸藥)과 생능사화(生能瀉火) 구온작(灸溫作)
야⁴
중매에 대소사와 궂은일도 맡는 아낙
예부터 감초 아주머니라 이름하여 불렀다

씹으면 씹을수록 달큰하게 당기는 맛
약재를 조화시켜 효능을 높여주니
특별히 보약의 처방에는 안 빠지는 감초야

날 것을 사용하면 화기(火氣)를 빼내 주고
구워서 쓰게 되면 따뜻하게 올려주니
누구나 이처럼 쓰임 받게 성장할 수 없을까

환경이 맞지 않아 수입에만 의존하다
피나는 노력으로 국내 산이 더 좋아져
한약에 빠지지 않는 약재 부담 없이 써 보세

---

4   감온(甘溫)에 화제약(和諸藥) 생능사화(生能瀉火) 구온작(灸溫作)야 : 따뜻한 성질이 있어
   모든 약과 함께 조화롭다. 생것은 열을 내리고 구운 것은 속을 덥힌다.

건강(乾薑)

미신(味辛)에 해풍한(解風寒)과 포고축냉(炮苦逐冷) 허열안(虛熱
安)야[5]
  건강(乾薑)은 매운맛에 찬 바람을 풀어주고
  냉증(冷症)을 몰아내 주며 허열을 다스린다

  약성을 바꿔주는 여러 가지 방법 중에
  말리고 볶아주고 삶아내고 구워주며
  오줌과 술에다 담그는 법제술(法製術)이 그거야

  다 같은 사람인데 찬 사람 더운 사람
  성격도 체질 따라 다양한 게 사실이라
  거기에 응용하고 맞추어 경험을 쌓았지

  그것도 통째로서 말리고 구워주어
  찰 때는 덥혀주고 뭉친 것은 풀어주며
  골고루 일정한 성분을 활용하는 지혜야

---

5 미신(味辛)에 해풍한(解風寒) 포고축냉(炮苦逐冷) 허열안(虛熱安) : 마른 생강은 그 맛이
    매워 風寒毒을 풀며, 쓰게 炮한 것은 냉을 쫓고 허열을 다스린다.

고삼(苦蔘)
쓴 너삼 뿌리

미고(味苦)에 주외과(主外科)와 미탈장풍(眉脫腸風) 하혈아(下血屙)
라6
　　어찌나 쓰디쓴지 구더기도 없애주고
　　약으론 찹쌀 뜨물에 담가 말린 뒤에 썼었다

　　악취로 외면하던 배설물도 활용하니
　　인분은 개나 돼지 또 거기서 나온 것을
　　논밭에 비료로 이용하여 재활용을 해왔지

　　무공해 살충제로 별명도 있었으니
　　도둑놈의 지팡이라 별명 지어 불렀는데
　　피부에 무독성 치료제로 발진에도 명약이야

　　풍이라 하는 것은 해석이 어려우나
　　세균과 염증이나 저리고 쑤셔댄다
　　몸속에 벌레 있다는 말 허황한 말 아닐까

6　미고(味苦)에 주외과(主外科)와 미탈장풍(眉脫腸風) 하혈아(下血屙)라 : 고삼은 맛이 쓰고
　외과에 주로 쓰며 미탈(눈썹빠짐), 장풍(혈변배설), 하혈 등을 치료한다.

길경(桔梗)

도라지

미고(味苦)에 요인종(療咽腫)과 재약상승(載藥上昇) 개흉옹(開胸壅)
야[7]

길경은 씁쓸하며 약기운을 위로 올려
목 가슴 가래 막힌 것을 시원하게 뚫는다

도라지 도라지야 심심산천 백도라지
산나물 캐러 간다 바구니 옆에 끼고
산야는 비단결 같고 청춘은 꿈결 같다

우리네 강산에는 아름다운 일이 많아
그 사연 두고두고 가무(歌舞)로 이어간다
즐기자 흥겹게 맛깔나게 살아가는 남녀야

그것이 기억으로 불로장생 보장하니
우리네 추억들은 영원무궁 반짝반짝
뜰 마당 구석구석이 식탁처럼 빛나네

녹용(鹿茸)
사슴뿔

감온(甘溫)에 자음주(滋陰主)요 설정익혈(泄精溺血) 붕대유(崩帶
愈)야[8]
　녹용은 맛이 달며 오장을 강건케 해
　산후에 심한 출혈과 정력 감퇴를 치료해

　허약한 사람이면 누구나 한 번쯤은
　녹용을 보약으로 쓰기를 원했지만
　효능이 매우 뛰어난 토종 사슴 안 보여

　러시아 알래스카 외국산 들여와도
　약효가 의심되고 가짜까지 판을 친다
　그래도 세 살 전에 먹이면 여든까지 간다지

　갓 나온 최 상대를 일품으로 치지마는
　저절로 떨구어진 낙각도 유용하니
　의원께 문의해 보고 처방대로 써 보세

8　감온(甘溫)에 자음주(滋陰主)요 설정익혈(泄精溺血) 붕대유(崩帶愈)야 : 녹용의 맛은 달고
　성질은 따뜻해서 자음 강화를 주로 한다. 정액이 새는 것, 혈붕(생리 과다), 대하(냉증)
　를 치료한다.

당귀(當歸)

승검초 뿌리

성온(性溫)에 주생혈(主生血)과 보심부허(補心扶虛) 축어결(逐瘀
結)야[9]
　성질은 따뜻하며 혈액을 생산하여
　심장을 튼튼히 해주고 맺힌 것을 풀어줘

　여성의 달거리와 빈혈이나 순환기에
　이상이 생기면은 우선으로 떠올리지
　모두들 하나의 약재로 자주자주 썼었지

　밖으로 약기운을 내뿜는 성질이나
　한층 더 발산시킬 필요가 있을 때는
　사알짝 증류주에 씻어서 이용하면 더 좋아

　모든 걸 분석하고 응용하는 시험 끝에
　제조된 빈혈약도 부작용이 있다지만
　예부터 무탈한 약재라니 당귀부터 써 보세

9　성온(性溫)에 주생혈(主生血)과 보심부허(補心扶虛) 축어결(逐瘀結) : 성질이 따뜻하여 피
　를 생기게 하고 심장을 보하여 허약한 것을 도와주며 어혈을 풀어준다.

맥문동(麥門冬)
겨우살이 뿌리

감한(甘寒)에 제허열(除虛熱)과 청폐보심(淸肺補心) 번갈살(燔渴撒)아[10]
    달큰하고 서늘하여 허열을 덜어내고
    심폐를 보(補)해주면서 갈증과 번뇌 흩뿌려

    한여름 더위에다 기력이 약해지고
    마음이 싱숭생숭 의욕이 없을 때는
    인삼과 오미자를 더해서 음료수로 마셔봐

    피서로는 냉방에다 청량음료 좋다는데
    세 가지 약재로써 생맥산을 마셔보면
    피부는 물론이지만 머리가슴 다 시원해

    장복은 피하면서 천천히 복용하면
    기분도 좋아지고 원기까지 왕성해져
    이 역시 조상님 지혜의 산물이야

---

10   감한(甘寒)에 제허열(除虛熱)과 청폐보심(淸肺補心) 번갈살(煩渴撒) : 맥문동은 미감(味甘)
    성한(性寒)하다. 허열을 제거하고 청폐 보심하며 번갈을 없앤다.

백작약(白芍藥)

함박꽃 뿌리

산한(酸寒)에 복통리(腹痛痢)와 능수능보(能收能補) 허한기(虛寒
忌)라[11]
　산미에 서늘하고 복통 설사 멎게 하며
　혈맥을 소통시켜서 아픔을 치료한다

　허하고 차가우며 기운이 없을 때는
　이 약을 쓰지 말고 기피해야 되지마는
　보(補)하여 작용이 능하니 거두기도 한단다

　깊은 산 생산물이 약효가 좋다 하고
　꽃 색이 희면 보요 붉으면 사한다니
　그것도 살펴서 가려가며 정성스레 써야 해

　작약은 당귀 천궁 숙지황과 보혈하고
　사물탕 재료로도 네 번째 기둥이니
　빈혈과 생리통을 위해서 여유롭게 써 보세

11　산한(酸寒)에 복통리(腹痛痢)와 능수능보(能收能補) 허한기(虛寒忌) : 맛이 시면서 차다.
　　복통과 이질을 치료하며 능히 수렴하고 능히 보한다. 허한에는 금기다.

백출(白朮)

삽주 뿌리

감온(甘溫)에 건비위(健脾胃)와 지사제습(止瀉除濕) 겸담비(兼痰痞)요[12]

달큰해 따뜻하며 비위를 건강하게
가슴속 기흉과 배 부위의 복수까지 제거해

위장과 비장 담낭 건강하게 유지해
소화와 식욕부진 개선하는 약이므로
질병에 걸리기 전이라도 도움이 될 약초야

산나물 캐러 갈 때 얌전하고 수줍으나
뚜렷한 외모에다 은은하게 숨은 향기
약효도 확실한 데다 야산에서 잘 자란다

살갗이 건조하면 젓갈 담가 두었다가
꾸준히 복용하면 반들반들 윤이 난다
피부에 부작용이 생기면 시험 삼아 써 보세

---

12 감온(甘溫)에 건비위(健脾胃)와 지사제습(止瀉除濕) 겸담비(兼痰痞) : 백출은 달고 비위를
건강하게 하며 설사를 멈추고 담비, 습증을 없앤다.

복령(茯笭)

도꾸마리령

미담(味淡)에 이규미(利竅美)요 백화담연(白化痰涎) 적통수(赤通水)라[13]

　전신에 기를 통해 결리는 걸 치료하는
　베어낸 소나무 그루에서 생겨나는 약재야

　송진이 흘러나와 오래도록 발효되니
　덤덤한 맛이지만 단맛도 숨어있어
　물에다 담가서 손질하여 식량으로 삼았대

　영양이 좋아선가 고픈 배 든든하여
　흉년이 닥치면은 떡으로도 먹던 것이
　약효가 으뜸인지라 보물처럼 귀해져

　오염도 그렇지만 걸핏하면 소나무 병
　우리의 금수강산 어쩌다 이런 모습
　귀해진 물건이라도 진품 가려 쓰세나

13　미담(味淡)에 이규미(利竅美)요, 백화담연(白化痰涎)요, 적통수(赤通水) : 복령의 맛은 담담하고 濕을 스며나가 구멍을 잘 통하게 한다. 백복령은 가래침을 없애고 적복령은 물이 잘 통하도록 한다.

생건지황(生乾地黃)

지량(地凉)에 제한열(除寒熱)과 심담혈허(心膽血虛) 폐토혈(肺吐血)아[14]
떨리며 열이 나는 증세를 없애주고
심폐장 이상증세로 출혈 시에 사용해

심장과 소화기가 허할 때는 보해주고
빈혈이 있을 시에 함께 쓰면 좋아지니
지황은 약재 중 으뜸이라 환자라면 애용해

술에다 적셔 쓰면 약기운이 위로 가고
생강즙 첨가하면 가슴에 머무른다
명의는 이러한 묘수로써 질병들을 퇴치해

똑같은 약재라도 증상 따라 달리 쓰니
함부로 쓰다가는 더 큰 화를 입겠지만
조상님 쌓으신 경험으로 우리 건강 지키세

---

14 지량(地凉)에 제한열(除寒熱)과 심담혈허(心膽血虛) 폐토혈(肺吐血) : 생건지황의 약성은
서늘하다. 차가운 열을 물리치고 심과 담의 혈허 및 폐토혈(각혈)을 다스린다.

생지황(生地黃)

미한(微寒)에 청습열(清濕熱)과 골증번로(骨蒸煩勞) 소어혈(消瘀血)
야15
　성질이 차가우니 습과 열을 제거하고
　피로와 번뇌를 풀어주며 죽은 피를 맑힌다

　뼈까지 쑤시면서 열이 나고 번거롭다
　이런 증세 있을 때는 보조약을 함께 쓴다
　약효를 높이는 데는 무거운 게 더 좋다

　날것이라 차갑거나 소화력이 약하거나
　체질이 냉할 때는 사용하지 않지마는
　분량을 조절해 쓰면 괜찮으니 유의해

　물에다 담가 가며 무게를 알아볼 때
　깊숙이 가라앉는 것일수록 상품이니
　그 점도 숙지해 가며 정성스레 써 보세

15　미한(微寒)에 청습열(清濕熱)과 골증번노(骨蒸煩勞) 소어혈(消瘀血)야 : 생지황은 서늘하
　다 습열, 골증, 번로를 가시게 하고 어혈을 없앤다.

석유(石油)

미신(味辛)에 아경풍(兒驚風)과 도개선라(道疥癬癩) 급살충(及殺
蟲)야**16**

석유는 매운맛에 아이들의 경풍이나
버짐과 옴 혹은 나병에 발라주던 약이다

냄새가 독하지만 벌레를 없애거나
피부에 발라가며 삼가서 쓰던 것이
검은색 황금이 되어 좌지우지하려네

흙과 돌 뿔과 어물 잡초에서 석유까지
독약도 때에 따라 약이 되니 알아야 해
개똥도 약이 된다 했는데 쥐의 똥은 뜸도 떠

나날이 발전하는 명약들과 의과학에
해마다 늘어나는 평균 수명 놀라워라
이렇게 좋은 세상 됐으니 평화롭게 사세나

---

16 미신(味辛)에 아경풍(兒驚風)과 도개선라(道疥癬癩) 급살충(及殺蟲)야 : 석유는 味辛하고
독이 있다. 아동의 경풍을 다스리며 疥癬과 癩病에 바르고, 또 殺蟲한다

숙지황(熟地黃)

미온(微溫)에 자신수(滋腎水)와 보혈오자(補血烏髭) 익정수(益精髓)라[17]
조금은 따스하며 신수를 더해주고
혈액을 보해주어서 수염을 검게 한다

오장을 조화롭게 만들어 잘 돌리며
신장의 활동력을 더하게 도와주고
하복부 통증이나 정력이 약한 것을 고친다

익혀서 쓰는 거라 성질이 따뜻해져
이장(二藏)의 기와 혈을 보하는 데 중요하며
황색은 오장육부 가운데 비 위장을 돕는다

검은색 신(腎) 방광에 붉은색 심(心) 소장을
흰색은 폐(肺) 대장에 색깔 따라 작용하니
그것도 참고해서 응용하면 될 거야

17　미온(微溫)에 자신수(滋腎水)와 보혈오자(補血烏髭) 익정수(益精髓)야 : 숙지황은 성질이 약간 따뜻하고 腎水를 자양한다. 血을 보해서 체모를 검게 하고 精과 骨髓를 강하게한다.

오미자(五味子)

미산(味酸)에 능지갈(能止渴)과 구수노허(久嗽勞虛) 금수갈(金水竭)야[18]

　폐장과 신장들이 허약으로 생겨나니
　갈증과 오래된 기침을 다스리며 치료해

　시고도 떫고 맵고 단 맛에 쓴맛이라
　다섯 맛 갖추어서 오미자란 이름인데
　좋다고 지나치게 마시면 열이 나니 조심해

　신맛은 간장으로 쓴맛은 심장으로
　단맛은 비장으로 매운맛은 폐장으로
　짠맛은 신장으로서 보사하니 유념해

　폭서(暴暑)는 질병보다 더 무서운 공포지만
　조상님 써 오시던 맥문동과 오미자에
　곁들여 인삼을 보태면 원기까지 북돋아 줘

18　미산(味酸)에 능지갈(能止渴)과 구수노허(久嗽勞虛) 금수갈(金水竭) : 味酸에 갈증을 멎게
　　해 주고 오랜 기침과 허함을 다스리며 肺金과 腎水의 고갈을 치료한다.

육계(肉桂)
계피나무 껍질

감신(甘辛)에 통혈맥(通血脈)과 온보허한(溫補虛寒) 복통극(腹痛劇)야[19]

　육계는 맵고 달며 혈맥을 통해주고
　약성이 허하고 찬 것을 따뜻하게 보한다

　냉기가 원인으로 복통이 심할 때는
　효능이 좋으므로 우선해서 쓸 것이며
　계지(桂枝)는 계수나무 가지요 계심(桂心)은 그 중심이다

　감기로 땀을 낼 때 계피차도 좋지마는
　육계도 한기에는 함께 쓰는 양약이 돼
　달 속에 계수나무가 이름값을 하누나

　아직도 덜 밝혀진 산야에 널린 초목
　잎에서 뿌리까지 하난들 버릴 손가
　세상에 그 무엇인들 버릴 것이 있으랴

---

19 감신(甘辛)에 통혈맥(通血脈)과 온보허한(溫補虛寒) 복통극(腹痛劇)야 : 맛이 달고 맵다. 혈맥을 통하여 허한을 온보하고 극심한 복통을 다스린다.

인삼(人蔘)

미감(味甘)에 보원기(補元氣)요 지갈생진(止渴生津) 조영위(調榮衛)
라[20]
　달고도 쓸쓸하며 원기를 보해주고
　갈증을 멈추게 하며 저항력을 기른다

　기진한 생명까지 구원하는 약재로서
　동남아 주민들의 풍토병에 그만이라
　한반도 이 작은 나라 무역통로 열었지

　산삼을 직업으로 산삼 캐는 심마니는
　정화수 목욕재계 정성을 다하지만
　영험한 산신의 눈에 나면 독사처럼 보인대

　허기에 풀뿌린가 멋모르고 먹은 산삼
　평생을 병도 없이 장수했단 이야기는
　예부터 산골이 아니라도 전설처럼 전해져

20　미감(味甘)에 보원기(補元氣)요 지갈생진(止渴生津) 조영위(調榮衛)라 : 인삼은 맛이 달고
　원기를 보하며 갈증을 그치게 하고 동맥과 정맥의 혈을 조절한다.

죽어갈 사람 살려 백년산삼 집 한 채 값
열병에 먹었다간 오히려 독이 된대
세계에 널리 보급하여 국가 명예 살리세

천궁(川芎)
궁궁

성온(性溫)에 지두동(止頭疼)과 양신생혈(養新生血) 개울승(開鬱升)
아²¹

머리에 일어나는 통증들을 멎게 하고
새로운 피를 만들어주며 막힌 것도 열어줘

산월(産月)을 앞에 두고 당귀와 함께해서
출산을 도와주는 불수산(佛手散)이 있었는데
흰색에 기름이 없는 것이 약 효과가 더 좋아

갑자기 눈꺼풀과 아래턱이 축 처지는
누구나 잘 걸리는 안면신경 마비에도
약효가 제일 좋은 것이 천궁이라 기억해

하지만 계속해서 이 약만 복용하면
온몸에 축이 나니 조심해야 할 일이야
땀까지 흘리면서 아프면 궁궁이가 첫째야

---

21 성온(性溫)에 지두동(止頭疼)과 양신생혈(養新生血) 개울승(開鬱升) : 성품이 따뜻하고 조
금 맵다. 두통을 그치게 하고 피를 맑게 하며 울혈을 푼다.

해삼(海蔘)

미함(味鹹)에 청윤재(淸潤材)요 능보비신(能補脾腎) 의부인(醫婦人)
야[22]

　창해의 기운으로 해삼은 맛이 짜며
　비장과 신장을 보호하니 부인에게 더 좋다

　온몸을 깨끗하게 맑혀주고 보해주는
　유익한 것이라서 바다의 인삼이다
　누구나 귀하게 여겨 해삼이라 칭한다

　차갑고 미끄러워 삼가야 하지만은
　설사가 있을 때나 소화기가 냉할 때는
　익혀서 먹을 수도 있으니 포기하지 말아야

　바닷속 깊은 물에 고생하는 해녀들을
　한 번쯤 생각하며 부인에게 양보하자
　건강도 증진하면서 화목까지 이룬다

22　미함(味鹹)에 청윤제(淸潤材)요 능보비신(能補脾腎) 의부인(醫婦人) : 맛이 짜며 성질은 平
하다. 진액을 맑고 윤기나게 하며, 비장과 신장을 능히 보하는데 부인에게 좋다.

황기(黃芪)
단너삼 뿌리

감온(甘溫)에 수한표(收汗表)요 탁창생기(托瘡生肌) 허막소(虛莫小)라[23]

들큼해 따뜻하고 땀나는 걸 멎게 한다

허(虛)한 걸 보(補)하려 하면 꿀에 익혀 복용해

단너삼 별명처럼 인삼에 못지않게

인체를 보해주고 염증까지 치료한다

입안에 염증이 날 때도 믿음으로 갖다 대

피부가 건조해도 살갗이 질척해도

이것을 복용하면 문제를 해결한다

잇몸이 아플 때에도 이걸 쓰면 약이 돼

소아는 물론이고 부인에게 좋다 하여

조상 대대 한여름에 닭과 같이 끓여 낸다

황계탕 보신하던 전통이 보감에도 전해져

---

23 감온(甘溫)에 수한표(收汗表)요 탁창생기(托瘡生肌) 허막소(虛莫小) : 황기는 달고 온온하
며 땀을 거두고 옹창을 헤쳐 새살을 돋게 한다. 허한 경우에는 적지 않은 양을 써야 한다.

보약 10가지

처방의 실례(實例)

백비탕(白沸湯)[24]

맹물을 펄펄 끓여 적당히 식힌 것도
기력이 쇠진하고 정신이 혼미할 때
마음껏 정성을 담아 마셔보면 약이 돼

니코틴 중독이나 커피가 인이 박혀
끊기가 어려울 때 시험 삼아 마셔가며
각오를 새로이 다지면 기쁜 미소 흘려져

탕이란 처방들은 글자대로 끓인 건데
정성이 들어있어 샘물도 약이 된다
가끔씩 차처럼 마시면서 나의 미래 그려봐

한 방울 물 한 잔이 생명의 근원으로
뱀에겐 독이 되고 사람에겐 약이 되니
하루에 몇 모금씩 마셨나 그 일부터 챙기세

* * *

---

24 白沸湯 : 맹탕으로 끓인 물

독삼탕(獨蔘湯)²⁵

불로초 아니라도 오래 묵은 산삼으로
숨이 질 환자들을 고쳤다는 이야기는
이 땅에 전하고 또 전해져 귀에 익은 말이다

사람이 재배하면 기껏해야 6년인데
산에서 자연으로 자라는 산삼들은
백 살을 넘기고 살아도 별일 없이 자란다

해마다 새 줄기가 돋아났다 떨어지면
사람을 닮은 머리 그 흔적이 새겨져서
나이테 그 수효처럼 산삼 나이 알 수 있다

실하게 자란 것은 무 밑동 못지않게
굵고도 미끈하며 속까지 찬다는데
임자가 아니고서는 눈에 띄지 않는다

---

25 獨蔘湯 : 인삼만 들어간 탕약 처방으로 쇼크, 과다 출혈 등의 생사기로에 있는 응급상황
에 쓰임.

ㅠㅠ
최대의 소득으로 이익을 올려야 돼
산에다 씨 뿌려 길러내니 산양삼이 그거야

날로도 먹지만은 정갈하게 씻은 다음
샘물에 한 가지만 공들여 끓여내면
전 세계 불치병을 고쳐 국가 위상 높이네

궁귀탕(芎歸湯)²⁶

천궁(川芎)과 같은 양의 당귀(當歸)를 끓여놓고
출산일 앞에 두고 산모가 복용한다
빈혈과 출혈이 있을 때에 자주 쓰던 약이다

단순히 이 두 가지 약재만 가지고도
출산 뒤에 따라오는 후유증을 치료한다
부종과 출혈과 안태(安胎)에 선호하던 처방이야

탁해진 혈액까지 아주 맑게 걸러주고
기침과 변비에도 효과가 매우 좋다
이 탕은 산모뿐만 아니라 일반인도 썼었지

부인과(婦人科) 없던 시절 아기는 낳았는데
이어서 나와야 할 태포가 안 보일 때
그때도 궁귀탕으로 해결하여 주었지

---

26 芎歸湯 : 천궁과 당귀를 같이 처방한 약탕. 당귀는 혈액을 만들고 천궁은 혈액을 순환시
키는 약재다.

생맥산(生脈散)²⁷

인삼과 오미자를 같은 양에 처방하고
맥문동은 두 배로 해 더위에 써 왔는데
지금은 공기가 탁해져서 기침에도 애용해

한약은 약재들을 물에다 넣고 끓여
보통들 물약으로 마셔가던 처방인데
꿀이나 밀풀의 환도 있고 가루약도 있었어

산(散) 자(字)의 처방들은 분말이나 구급제다
그러나 생맥산은 탕약으로 처방되니
한여름 삼복에 끓여놓고 음료처럼 마셨다

길경과 몇몇 약재 양약을 제쳐간다
인삼과 맥문동과 오미자 혼합재도
내성이 거의 없는 약재니 마음 놓고 써 보세

---

27 生脈散 : 인삼, 맥문동, 오미자를 혼합하여 만든 약재. 몸의 원기를 회복하고 폐 기능을
강화하며 피로회복에 탁월한 효과가 있다.

사군자탕(四君子湯)[28]

인삼과 백복령에 백출과 구감초를
고르게 5그램씩 분량을 같이해서
대부분 기력이 부족할 때 제일 먼저 썼었지

진액이 부족하고 기가 짧고 적은 데는
이 약을 처방해서 정성껏 달인 다음
그것도 마음을 다 모아서 쉬어가며 마셨지

진기가 무엇인지 이해가 안 될 때도
짧고 긴 게 어떤 건지 맥을 보면 알게 된다
그래서 환자를 진찰할 때 진맥부터 했었지

감초를 구운 것에 황기까지 보태어서
기력이 쇠진할 때 보약으로 쓰였으니
명 처방 사군자탕으로 보정(補精) 한번 해보세

---

28 四君子湯 : 인삼, 백봉령, 백출, 구운감초를 넣어 달인다. 기가 허약한 사람을 보정하기 위
　　해 처방한 것으로, 약성이 순하게 작용하므로 명칭 속에 '君子'가 들어갔다.

사물탕(四物湯)[29]

당귀에 천궁에다 숙지황과 백작약을
똑같이 십 그램씩 분량을 같이해서
혈액에 이상이 생길 때 우선해서 썼었다

빈혈과 출혈이나 여성의 생리불순
불임이 있을 때도 다른 약을 제치고서
첫째로 골라 쓴 것으로 그 효능이 말해 줘

여름엔 백작약을 가을에는 숙지황을
겨울엔 당귀에다 봄에는 천궁까지
제각기 무게를 배로 해서 치료 효율 높였다

혈허(血虛)로 말미암아 아픈 곳이 나타나면
해삼도 함께하고 인삼 등도 가미하며
허기(虛氣)를 메꾸어 주니 이 처방도 익히세

---

29 四物湯 : 여성과 아이들의 보혈제로 쓰기 위하여 숙지황, 백작약, 천궁, 당귀를 조합하여
    만든 탕약.

이중탕(理中湯)[30]

인삼과 백출에다 찐 건강을 팔(八) 그램씩
거기에 구운 감초 사(四) 그램을 함께해서
복통에 설사가 나는 것을 치료하던 약이다

위확장과 위하수증 위궤양과 위산과다
그 위에 배앓이로 소화력이 약해지면
위장이 무력해져서 설사까지 생긴다

대변이 불량하며 갈증이 낫지 않고
회충까지 많아져서 복통이 심할 때는
육계와 오미자 열매에 고삼까지 썼었다

위생이 불량하여 생겨난 소화기병
그중에 중요한 건 위장의 잦은 고장
그것도 음양의 허실인가 주의하여 보세나

---

30 理中湯 : 배가 아프고 설사를 하며 맘은 많은데 물을 마시지 못할 때에 인삼, 백출, 건강, 감초를 처방한 탕약이다. 상태에 따라 창출, 맥아, 사인, 신곡을 첨가할 수 있다.

이음전(理陰煎)[31]

숙지황(熟地黃) 이십 그램 당귀(當歸)는 십이 그램
건강(乾薑)은 팔 그램에 육계(肉桂) 감초(甘草) 사 그램씩
비장(脾臟)과 신장(腎臟)이 허(虛)할 때는 당연하게 썼었다

내부가 허약해서 오슬오슬 열이 나고
맥박은 빠른데도 밑으로 가라앉아
속에서 이상이 생긴 것이 분명하게 진맥된다

여기에 더해져서 설사까지 있을 때는
당귀를 감하거나 송두리째 빼낸 뒤에
대신에 육계를 첨가하여 그 기세를 막았다

약재의 냉온(冷溫)이나 맛깔의 차이에서
효능이 달라지는 자연스런 그 현상을
그 누가 모르고 지나칠까 자신 있게 써 보세

---

31 理陰煎 : 숙지황, 당귀, 건강, 육계, 감초 등을 넣어서 달인 탕약으로 脾虛, 腎虛에 쓴다.

팔물탕(八物湯)

군자탕(君子湯)에 사물탕(四物湯)을 함께한 것으로서
기(氣)와 혈(血) 두[32] 가지가 모두 다 부족할 때
의원이 아니라 해도 떠올리던 약이다

임부(妊婦)의 학질에는 인삼과 숙지황을
두 배로 더하여서 써 왔던 것이었고
진땀을 많이 흘릴 때 황기 방풍 써 왔다

빈혈이 생기면은 녹용을 가미하듯
약재의 특성 따라 근본을 가감한다
체질과 성격을 따져 종합하여 해결해

약성이 다른 것을 다 함께 처방하니
그것이 서로 도와 상승효과 높이도록
보다 더 경험을 쌓아가며 치료 효율 높인다

---

[32] 八物湯 : 숙지황, 백작약, 천궁, 당귀 등을 넣어 끓인 사물탕에 사군자탕(인삼, 백봉령, 백출, 구감초)을 배합한 탕약으로 원기와 혈기를 고루 보하는 데 효과가 있다.

십전대보탕(十全大補湯)[33]

팔물탕 본방에다 황기와 육계까지
거기에 생강 세 쪽 대추 두 개 합한 건데
보약의 대표처럼 우리게 익숙해진 약이다

약재의 분량들을 1전씩 했었으니
무게의 1전이면 4그램 정도 되나
한 돈이 삼 점 칠오 그램을 사사오입 하였다

척관법 멀리하고 저울도 함께 쓰니
세계 공통 도량형의 편리한 제도이다
그 이름 십전대보탕이라 기억하기 좋았다

최고급 강장제도 나날이 더해져서
헤아리기 힘들만큼 홍수처럼 밀려온다
다 함께 동의보감 깨우쳐 건강 시대 이루세

---

33 十全大補湯 : 10가지 재료가 들어가서 十全이 아니고, 모든 것을 지극하게 보(補)한다는
뜻에서 '십전대보탕'이다. 사군자탕 재료(인삼, 백출, 복령, 감초)와 사물탕 재료(숙지황,
백작약, 천궁, 당귀)와 온보작용 강화 재료(황기, 육계)에 건강과 태추를 추가한다.